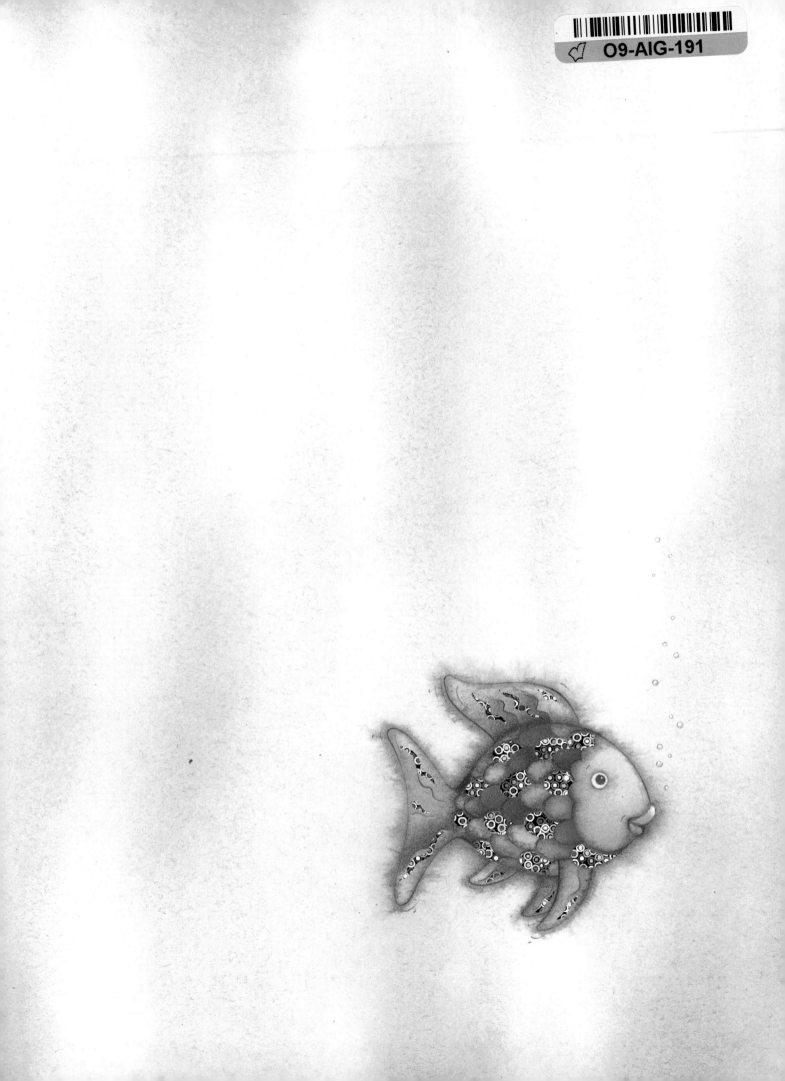

Für Brigitte

© 1992 Nord-Süd Verlag AG, Gossau Zürich, Hamburg und Salzburg
Alle Rechte, auch die der Bearbeitung oder auszugsweisen Vervielfältigung,
gleich durch welche Medien, vorbehalten. Lithographie: Photolitho AG,
Gossau Zürich. Satz: AM-Fotosatz, Attilio Meyer AG, Bertschikon
Gesetzt in der Futura light condensed, 17 Punkt. Druck: Proost N.V.,
Turnhout. Prägefoliendruck: Deuschle Druck-Veredelung GmbH, Süßen
ISBN 3 314 00581 4

13. Auflage 1995

Marcus Pfister

Der Regenbogenfisch

Nord-Süd Verlag

Weit draußen im Meer lebte ein Fisch.
Doch kein gewöhnlicher Fisch, nein. Er war
der allerschönste Fisch im ganzen Ozean.
Sein Schuppenkleid schillerte in allen
Regenbogenfarben.

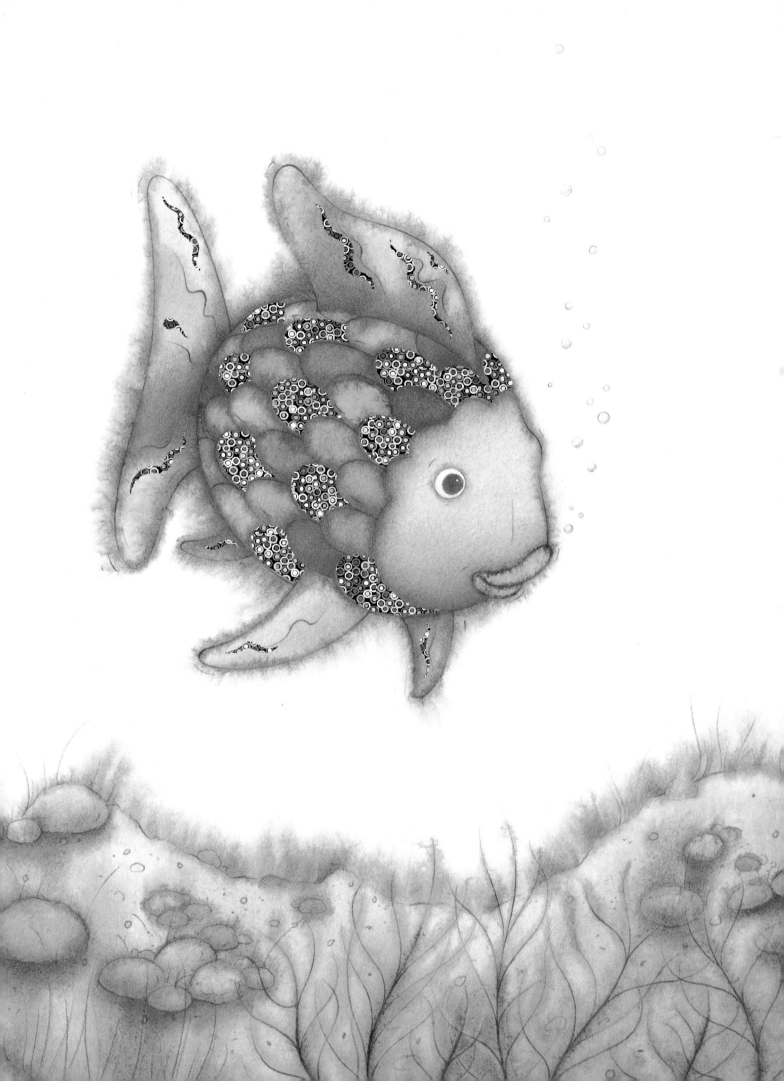

Die anderen Fische bewunderten sein bunt-
schillerndes Schuppenkleid. Sie nannten ihn
Regenbogenfisch.

«Komm, Regenbogenfisch! Komm spiel
mit uns!» Aber der Regenbogenfisch glitt
immer stumm und stolz an ihnen vorbei
und ließ seine Schuppen glitzern.

Ein kleiner blauer Fisch schwamm hinter ihm her.
«Regenbogenfisch, Regenbogenfisch, warte auf
mich! Gib mir doch eine deiner Glitzerschuppen.
Sie sind wunderschön, und du hast so viele!»

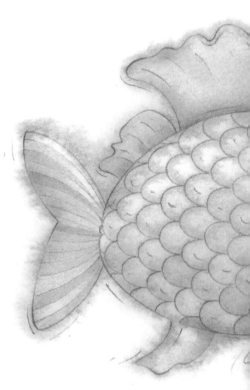

«Dir soll ich eine meiner Schuppen schenken?
Wo denkst du hin!» rief der Regenbogenfisch.
«Mach, daß du fortkommst!»

Erschrocken schwamm der kleine blaue Fisch
davon. Aufgeregt erzählte er seinen Freunden
vom Erlebnis mit dem Regenbogenfisch.
Von da an wollte keiner mehr etwas mit ihm
zu tun haben. Sie kehrten sich ab, wenn er
vorbeischwamm.

Was nutzten dem Regenbogenfisch nun seine herrlich glitzernden Schuppen, wenn sie von niemandem mehr bewundert wurden? Jetzt war er der einsamste Fisch im ganzen Ozean!

Eines Tages klagte er dem Seestern sein Leid. «Ich bin doch schön. Warum mag mich niemand?»

«In einer Höhle hinter dem Korallenriff wohnt der weise Tintenfisch Oktopus. Vielleicht kann er dir helfen», riet ihm der Seestern.

Der Regenbogenfisch fand die Höhle.
Finster war es hier. Er konnte kaum etwas
sehen. Doch plötzlich leuchteten ihm zwei
Augen entgegen.

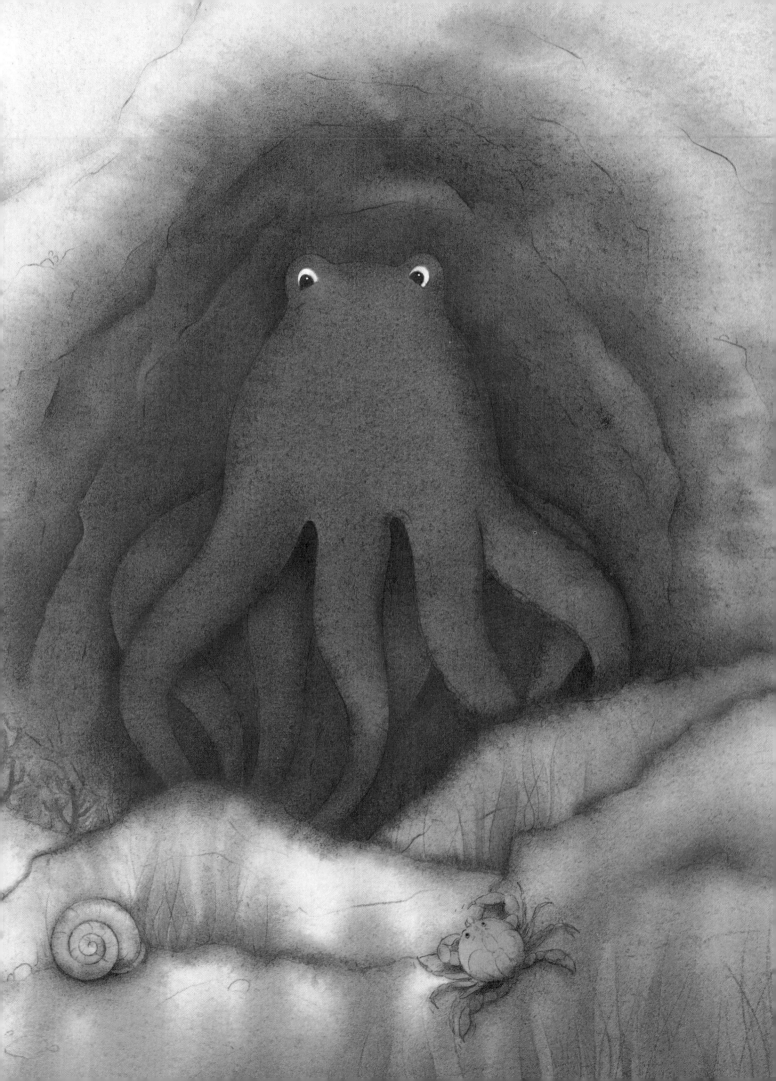

«Ich habe dich erwartet», sagte Oktopus
mit tiefer Stimme. «Die Wellen haben mir
deine Geschichte erzählt. Höre meinen Rat:
Schenke jedem Fisch eine deiner Glitzerschuppen. Dann bist du zwar nicht mehr
der schönste Fisch im Ozean, aber du wirst
wieder fröhlich sein.»

«Aber . . .», wollte der Regenbogenfisch
noch sagen, doch da war Oktopus schon in
einer dunklen Tintenwolke verschwunden.

Meine Schuppen verschenken? Meine
schönen Glitzerschuppen? dachte der
Regenbogenfisch entsetzt. Niemals! Nein.
Wie könnte ich ohne sie glücklich sein?

Plötzlich spürte er einen leichten Flossen-
schlag neben sich. Der kleine blaue Fisch
war wieder da!

«Regenbogenfisch, bitte, sei nicht böse.
Gib mir doch eine kleine Glitzerschuppe.»

Der Regenbogenfisch zögerte. Eine ganz,
ganz kleine Glitzerschuppe, dachte er, na
ja, die werde ich kaum vermissen.

Sorgfältig zupfte der Regenbogenfisch die kleinste Glitzerschuppe aus seinem Kleid. «Hier, die schenk ich dir! Doch nun lass mich in Ruhe!»

«Vielen, vielen Dank!» blubberte der kleine blaue Fisch übermütig. «Du bist lieb, Regenbogenfisch.»

Dem Regenbogenfisch wurde es ganz seltsam zumute. Er sah dem kleinen blauen Fisch mit seiner Glitzerschuppe lange nach, wie er so glücklich kreuz und quer durchs Wasser davonschwamm.

Der kleine blaue Fisch flitzte mit seiner Glitzerschuppe durchs
Wasser. So dauerte es gar nicht lange, bis der Regenbogenfisch
von anderen Fischen umringt war. Alle wollten eine Glitzerschuppe haben. Und siehe da, der Regenbogenfisch verteilte
seine Schuppen links und rechts. Und er wurde dabei immer
vergnügter. Je mehr es um ihn herum im Wasser glitzerte,
desto wohler fühlte er sich unter den Fischen.

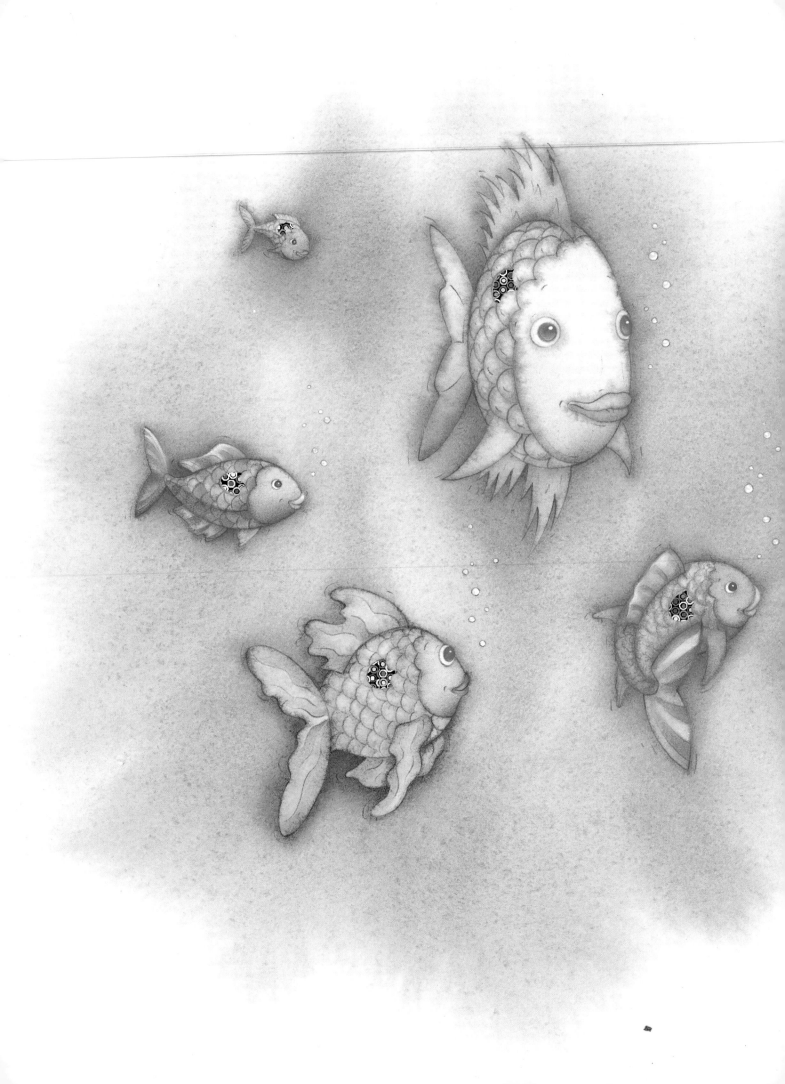

Schließlich blieb dem Regenbogenfisch nur noch eine einzige Glitzerschuppe. Alle anderen hatte er verschenkt! Und er war glücklich, glücklich wie nie zuvor!

«Komm, Regenbogenfisch, komm spiel mit uns!» riefen die anderen.
«Ich komme!» sagte der Regenbogenfisch und zog fröhlich mit den Fischen davon.

Marcus Pfister hat bereits folgende Bücher
für den Nord-Süd Verlag illustriert:

Der Regenbogenfisch
Regenbogenfisch, komm hilf mir!
Der kleine Dino
Der Weihnachtsstern
Die vier Lichter des Hirten Simon
Wie Sankt Nikolaus einen Gehilfen fand
Till & Willy
Hoppel
Hoppel findet einen Freund
Hoppel und der Osterhase
Hoppel lernt schwimmen
Die müde Eule
Weißt du, wieviel Sternlein stehen
Sonne und Mond
Pinguin Pit
Pits neue Freunde
Pit und Pat
Pit ahoi!
Papa Pit und Tim
Mirjams Geschenk
Biber Boris